꽃, 그 이후

황금알 시인선 283

꽃, 그 이후

초판발행일 | 2023년 11월 27일

지은이 | 신병은
펴낸곳 | 도서출판 황금알
펴낸이 | 金永馥
주간 | 김영탁
편집실장 | 조경숙
표지디자인 | 칼라박스
주소 | 03088 서울시 종로구 이화장2길 29-3, 104호(동숭동)
전화 | 02)2275-9171
팩스 | 02)2275-9172
이메일 | tibet21@hanmail.net
홈페이지 | http://goldegg21.com
출판등록 | 2003년 03월 26일(제300-2003-230호)

꽃, 그 이후

신병은 시집

황금알

내가 내 이름을 불러줘야 할 때가 되었다

이제는 나를 더 사랑할 수 있을 것 같다

차 례

1부

2부

3부

4부

5부

1부

겨울나무

햇살일까 ... 바람일까 ...

나를 향한 설렘일까 ... 나를 향한 간절함일까 ... 나를 향한 눈길일까 ... 내 안쪽을 향한 나의 착한 안부일까 ... 나를 향한 나의 발길일까

촉촉한 입술 보일까 ... 분홍일까 노랑일까 .... 허공의 발길 소리 들릴까 안 들릴까 .... 바람의 물음표 찍을까 말까 .... 긴 겨울 끝에 매달린 젖은 기억들 들춰볼까 말까..... 예측불허의 숨겨진 표정들 알 듯 말 듯 ....me too me too.... 환하게 들켜서 다행이야 참말로 다행이야

오랜만에 환한 나를 만났다 ... 함초로히 혼자 웃었다

산책하다

아침의 나를 나섭니다
밤새 웅크려 있던 나를 나섭니다
청색 남방에 청바지 차림입니다
가만히, 햇살과 바람으로 날아오릅니다
가만히, 어둠과 빛으로 날아오릅니다
시간과 공간의 아름다운 산책입니다
산책길 어디에도 내가 있습니다
한 올 바람에도 어둠에도 햇살에도 있습니다
풀섶에도 길섶에도 키 작은 내가 보입니다
가만히 내 안부를 묻습니다
반갑고 그립다고 합니다
웃는 얼굴로 악수하고 지나쳐갑니다
나뭇잎 배 위에 바람 한 올로 앉아봅니다
가만히 물섶 물소리로 내려앉아
물소리를 저어갑니다
한 세상 너머 한 세상을 건넙니다
나를 건너 나에게로 가는 우화입니다
살다 보니 살아집니다
살랑살랑 오늘 하루가 고스란히 나입니다

비로소 자유란다

비로소 자유란다
누군가의 발길로가 아니라
제 발로 걸어가기 때문이란다
꽃봉오리도 자유란다
새도 자유란다
나무도 자유란다
모든 첫 경험도 자유란다
심장의 상상도 자유란다
비로소 자유가 된 것들이
서로 물들며 살아야 할 세상이란다
한 호흡으로 건너야 할 길이란다
포기할 것 포기하고 버릴 것 버리란다
그래야 시가 되고 그림이 되고 춤이 되고 노래가 되고
꽃에 닿고 나무에 닿고 하늘에 닿는단다
스스로 황홀해지는 거란다
경계를 지우고 저쪽으로 건너는 거란다
내 안에 반짝이는 내 별을 보는 거란다
버리는 것이 자신을 섬기는 아름다운 일이란다
자신을 느끼는 거란다

비로소 사랑이란다
자유란다

다소곳

꽃이,
작파하고 햇살 몇 자락 끌어다 만들었던
그늘의 깊이로
뚝뚝 적요의 자리를 읽는다

언제 봤더라 연둣빛을
어디에 있었더라 향기로운 자리가

풀잎의 흔들림에 기대 있었나
해종일 바람에 펄럭였나
가만히 햇살의 눈길에 깃들어 있었나
구름의 시간에 떠 있었나

아, 거기
꽃 진 자리

비워서 환한 그리움의 밑자리로
지축을 흔드는 울림으로
다시 그대가 올 거라 해야 할까

그 또한 부질없는 일이라 귀띔할까

조용히 사뿐사뿐 나비의 몸짓으로
비우고 비워
고요의 안거安居에 든다

꽃 한 송이

꽃 한 송이는
그 한 송이가 아니었어
이슬 머금은 햇살 꽃
햇살 머금은 바람꽃
어둠 머금은 아침꽃
찰나의 오르가슴꽃
꽃술 사이로
꽃잎 사이로
피어나는 경이로운 생각 꽃
가만히 가만히 나를 밀어 넣었어
쿵쿵쿵 심장이 뛰었어
내밀한 호흡으로 관계하지 않는
아무것도 없었어
우리 모두 한 송이 꽃이었어
사이사이 피어나는
존재의 꽃이었어
관계의 꽃이였어

휴休

잘 살았다
잠깐 연두로 잠깐 신록으로
한세상 즐기다 툭툭 털어내며
새털처럼 깃털처럼
저를 갉아 단풍 든 핏빛 그리움도 잘 저물어
내 안에 길이 나 있어 또 다른 길을 인도한다
바람도 잠시 발길을 멈추고 슬며시 품을 내어놓는다
새소리도 스르르 팔베개를 내밀어 준다
조용히 사뿐사뿐 나비의 몸짓으로
참 뿌듯하게 감사했어
스며든 지난 모든 것들에
마음속 방 한 칸 내어 준다
나란히 함께 안거安居에 든다

단정학

병상에 비스듬히 누운 채
죽 그릇을 앞에 두고 눈을 감고 계신다
인기척에 눈을 떠도 예전 같지 않다
'큰애 왔구나'
'억지로라도 좀 드셔야 해요'
정신은 말짱한데
한 숟갈 드시고 눈을 감고
또 한 숟갈 드시고 눈을 감으신다
마지막 입맛까지 비웠을까
더는 안 드신다고 가만히 고개를 저으신다
나 어릴 때 밥그릇을 들고 따라다니며
한 숟갈 한 숟갈 떠먹이던
그 마음 엊그제 같은데
여든하고도 여든 해가 짧다
이제 곧 오래오래 감을 눈,
어머니 참 단정하시다
학이시다

은행잎 탁발

밤새 더운 숨결을 풀어낸 나무는
얼마나 가볍게 제 속으로 뛰어내렸을까
뚝뚝, 물감으로 풀어 마당 가득 부려놓은 관절,
지난밤 소리의 깊이가 궁금해
뿌리 쪽에 문을 낸 방의 문지방을 넘나들다 엿본
바람의 탁발,
나무는 깊은 순례에 닿고 있다
잠시 쉬고 싶어 발발대고 다닌 흔적을 그늘로 뱉어
늘어나고 풀어져 헐렁해지고 싶었을까
돋을새김 시간의 각질을 들락거리며
새소리 바람 소리 헐렁해진 가지마다 육필로 새긴
바람의 경전,
샛노란 햇살의 방을 가로질러 가는
은행나무의 고백이 깊다

꽃이 되고 싶어

꽃의 봄이고 싶어
꽃의 햇살 꽃의 바람이고 싶어
꽃의 혀에 감기고 싶어
꽃의 마음 안에 들앉고 싶어
꽃의 색과 마주하고 싶어
꽃의 말 꽃의 화법을 닮고 싶어
꽃의 기도를 훔치고 싶어
꽃의 생각을 깨치고 싶어
꽃의 기억으로 나를 열고 싶어
꽃의 꿈속에 빠지고 싶어
꽃의 가슴을 문지르고 싶어
꽃의 한 사흘을 살고 싶어
꽃의 쉼표 꽃의 느낌표를 갖고 싶어
꽃의 길을 가고 싶어
꽃의 슬기를 엿보고 싶어
꽃의 하늘을 올려보고 싶어
꽃의 경전을 읽고 싶어
꽃의 꽃이 되고 싶어
꽃의 내가 되고 싶어

한 잔의 유혹

낮술 한 잔
송이송이 꽃이 피었어
한 번도 열린 적이 없는 나의 개화였어
꽃이라고 마구마구 생떼를 썼어
성급한 봄이 오기도 했어
단풍이 되고 노란 은행나무가 되었어
팔랑팔랑 가을바람 되어 달려갔어
그렇지만 이미 겨울이었어
그게 다반사였어
겨울 어디쯤 햇살 좋은 곳에
누군가 햇살에 기대앉아 있을 것만 같았어
햇살일 것 같았어
머잖아 다시 봄 풍경으로 숨 가쁘게 달려올 것 같았어
화르르 벙글어지는 소리 예까지 들렸어
아, 가을이고 겨울이고 여름이고 봄이었어
나의 계절 나의 개화를 위해
치얼스!
한 잔의 유혹이었어

꽃, 그 이후 1

마음 챙겨 눈빛을 접수한다
보이지 않은 곳까지 가려워 온다
조짐이다
지난가을 하늘이 보이고 홑적삼의 겨울도 보인다
괜찮아 다시 일어서는 나답게 문을 연다
꽃, 그녀

동굴과 잉태와 모성의 합성어인
꽃, 그녀 앞에
똑
소리 한 방울로 웅크려 있던 물의 촉수를 세운다
소리로 소리를 세운다
잎이 피고 혈맥이 돋아 달의 시간이 싹튼다
은밀한 바람결과 숨소리의 미세한 떨림이 깃든다
깊게 더 깊게
모든 호흡이 옴니버스 관계를 시작한다

모성과 부성과 시간과 공간과 과거와 현재인
꽃, 그녀 안의 꿈

겹겹의 층을 이룬 숨겨진 물의 촉수를 세운다
바람과 어둠이 보이지 않으면서 보인다
깊고 오랜 고요의 외침이다

원圓
형形
질腟

오래오래 가라앉은 기억이 질 깊게 피어난다
연두와 연초록의 보색이 연출하는 꽃잎이다
펼친다
열린다
어떤 포즈든 어떤 생각이든 그대는 꽃
꽃이 돌아온다
이윽고 꽃이 돌아온다

꽃, 그 이후 2

좋은 날이면 으레 꽃이 피었다
꽃의 포즈와 꽃의 화법을 만난다

꽃의 그녀는 자신과의 외로움이고
스스로에게 익숙하지 않은 공간으로 들어가는 길이다
원형의 질문이 있는 자신만의 산책이다
내면의 소리에 귀를 기울이는 독백의 공간이다

꽃들이 오버랩 되는 꽃의 그녀 안에
물과 바람, 어둠과 빛을 차린다
깊고 오랜 동굴의 희열이다
겹겹의 환희다
풍경 재봉사인 꽃의 그녀,
한 땀 한 땀 풍경을 홈질 혹은 시침질한다
이윽고 세상의 모든 어둠이 꽃이 되어 핀다
색의 현을 뜯는 연주가 시작된다

여기저기 꽃들이 돌아온다

꽃, 그녀
꽃 이전의 꽃이면서 꽃 이후의 꽃이다

꽃, 그 이후 3

꽃잎의 이정표엔
견딤과 기다림의 원산지 표기가 있고
빗살무늬 햇살과 바람과
비의 칼로리가 명시되어 있어요
신선도 유지를 위한 아침이슬의 드레싱까지,
그늘지고 서늘한 곳에 보관하라는
향기로운 안내도 넘겨받습니다
아름다운 마침을 위해
딱 한 주먹만 들어내면 안 될까요
가벼워지면 좋겠죠
이렇게 말하는

한 잎 한 잎 적요로운 그녀,
꽃

개화

혼자는 아니지만

호시탐탐 문틈을 기웃대던 바람도 가만하다
풀잎에 누운 햇살도 가만하다

눈빛 가만한 그 자리에
햇살과 바람이 어떻게 꽃잎으로 열리는지

천년이 닿은 한나절의 눈빛을
어떻게 첫 화두로 내거는지

아침의 꽃도 저녁의 꽃도 그렇듯
가만가만

열린다는 것은
나의 누군가를 향한 고요한 개화인 것을

나비잠

내 가슴엔
하늘하늘 나비 발자국이 있어
네
발.자.국
나비 한 마리 두 마리 세 마리

한 잠
두 잠
세 잠

아주 사소하고 단순한 기억에도
느릿했거나 소중했던 시간은
점점 무늬로 남아 있어
아침노을 속의 우화였어

끝내 내가 나를 잃으면
그때 한번 찾아봐 줘
왜 그토록 날고 싶었는지 한 번 물어봐 줘

여든 여든의 어머니
여리디여린 나비잠을 주무신다

틈

어디에나 틈은 있다
틈이 있어 바람이 들어오는가 하면
비 새어 곰팡이 슬기도 하지만
틈이 있어 꽃이 피어나고 사랑이 싹튼다
비집어 너를 만날 수가 있고 사이에 빛이 새어든다
너의 안부를 묻고 포옹도 한다
가끔은 제 눈을 피해 다른 눈을 엿보기도 하지만
틈새마다 자유롭게 기웃대다 보면
보이는 게 전부가 아님도 안다
틈의 내력은 벌어지는 것이다
시간과 공간, 꿈과 현실, 당신과 나 사이
그 아귀가 블랙홀이 될 때도 있다
그 사이로 많은 침묵 또는 말의 퇴적이 있다
모든 틈의 기억들이 숨결을 다독인다
어디에나 없는 틈새를 찾는 사람들이 틈새 집을 짓는다
그 집 툇마루에 하루에도 몇 번 마음을 넌다
스스로 깊어지고 넓어져 투명한 바람을 불린다
비로소 숨 쉴 틈이 생긴다
틈새마다 꽃이 핀다

2부

아름답고 긴 대화

'많이 좋아지고 있어요
다음 예약 날짜 잡고 가시면 됩니다'

두 달 전에 예약하고 오늘 아침 여섯 시에 일어나
고속버스로 지하철로 다섯 시간을 달려와
피를 뽑고 조영제를 먹고
다시 세 시간을 기다려 엑스레이를 찍고
또 한 시간을 기다리다
이 두 마디를 일방적으로 통보받은 나는,

의사 양반이 참 야박하고 인색하여 서럽기도 한데
문득 누가 있어
난독증의 예순 여든 해를 대신 읽어주겠냐고
아름답고 긴 대화를 나눈 고마운 분이라는 생각에
이내 마음도 몸도 새털처럼 가벼워진다

내 서운한 시간이
누군가 또 한 사람을 위한 배려일 거라고
나비길 천릿길을 단숨에 날아오른다

그의 얼굴

어디선가 바람이 불어왔다
식빵처럼 부풀어 오른 노을처럼
그대의 저녁이 수수러지는 치마를 한 손으로 덮는다
아, 무사해서 다행이야 천진하게 웃는다
이때다 싶게 숨겨진 기척들이 마구 부풀어 오른다
마침내 기지개를 켜는 어둠에 기댄 꽃들의 시간이다
달의 꽃
별의 꽃
당신의 꽃이 마음과 마음 사이에서 핀다
캄캄했던 꽃들이 선명하다
착한 그대의 얼굴에도 꽃들이 하나둘 날아든다
꽃잎의 무게로 그리움을 편다
모르는 사이에 꽃이 피고 지듯
모르는 사이에 그대가 열리고 닫힌다
수만 송이 그리움 숨기며 꽃으로 부풀어 오른다
세상의 그리운 얼굴들은
아름답게 멀어져간 그 순간에 꽃이 핀다
꽃무늬 진다

내게 물었습니다

문득 발길 앞에 떨어진 낙엽 하나 주웠습니다
이 가을에 달려와 줄 친구가 있느냐고
낙엽이 내게 물었습니다
나이가 들어가며 보고 싶은 얼굴은 많아도
나만을 위해 달려와 줄 친구가 없다 했습니다
그런 친구 하나 두지 못해 부끄럽다 했습니다
돌아서서 생각해보니
아, 내가 식물성인 것을 깜박했습니다
바람에 함께 흔들리는 풀이 있었습니다
겨울 꽃눈을 깨워주는 봄바람이 있었습니다
열매를 예견해주는 꽃이 있었습니다
그늘로 나를 껴안아주는 나무가 있었습니다
친구는 없지만 친구가 많았습니다
풀의 이름으로 나무의 이름으로 꽃의 이름으로
곁에 있었습니다
수많은 이름들이 함께 살고 있었습니다
고요하고 잔잔한 친구들입니다
이제 내 안에 사는 그네들과 함께 설레기로 했습니다
많이 그립기로 했습니다

까치집 짓다

한산사 은행나무에 까치가 집을 짓는다
허공에 터를 잡고 한 올 한 올 바람을 물어 와
주춧돌을 놓고 기둥을 세우고
서까래를 올리고 용마루까지 올린다
못질 한번 없이 부리 하나로
한 올 한 올 햇살로 감아 틈새를 엮는다
수십 번을 끼우고 맞추면서
이게 아니다 싶으면 다시 허공을 깁는다
은행나무 마구 흔들리는 바람 부는 날이다
태풍에도 견딜 수 있는 새들의 집,
햇살과 바람으로 집을 짓는다
햇살의 집을 짓는다
바람의 집을 짓는다
부처보다 더 맑은 새들의 명리가
하늘 품 안에 바람의 절간을 짓는다

뒤뜰

문득 궁금해진 오래오래 버려둔 나의 뜰
비어서 더 넉넉한 혼자 사는 집
흙벽에 걸린 녹슨 기억과 시간
버려진 것들의 긴 휴식
손길 닿지 않아 더 빛나는 것들
제멋대로 피었다가 지는 풀꽃들
햇살도 혼자 슬몃 담을 넘어오고
감나무 그림자도 혼자 놀다 가고
오래오래 맑아진 굴뚝
돌아오지 않을 손닿을 듯한 거리
기쁨보다 슬픔이 오들오들 떨며 숨어있던 곳
유년의 술래가 있는 카페
상큼한 화법들이 톡톡 튀고 있는
오롯이 나를 만날 수 있는 나의 뜨락

채소들의 아침

연한 어둠을 제치고 새 떼들 재잘거리는 소리와 함께 아침을 엽니다

창밖, 날마다 소담스러워지는 텃밭에 파프리카는 허리가 휠만큼 컸고 방울토마토들도 앙증맞게 제 모습을 드러내고 있는데, 곧 외꽃도 필 것 같아요.

같은 날에 모종했는데도 쑥쑥 제 세상을 먼저 여는 놈이 있는가 하면 가지는 며칠 전에야 오랜 꽃망울을 펴 보이고 오이도 꽤 오랜 침묵 끝에 덩굴손을 내밀며 지주목을 기웃거리기 시작했어요. 꽃 필 때 꽃 피우고 때맞춰 열매 맺고, 채소들도 저마다 들고 나는 때를 아는가 봅니다.

하, 어디쯤일까요

꼰지발 세우고 안개 자욱까지 말끔히 닦아낸 아침을 여는 나의 그때가 궁금합니다

이의령님을 읽다

잘 있으세요
여러분들 잘 있으세요

먼 길 떠나 다시는 만날 수 없는 사람들에게
지척의 가까운 인사말을 남기신 분
잠시 다녀올 것처럼
세상에서 가장 짧고도 긴 인사말을 남기신 분

초등학교 시절 흙 속에 저 바람 속에서 만난 그분
넓고 큰 세상이 되라고 나의 세상 보기를 가르쳐 주신 분
미래세대를 위해 희망의 유산을 남기신 분
내가 없는 세상에 마지막 선물을 남기신 분
영원한 젊음의 탄생을 가르쳐주신 분
접속과 또 다른 디지로그와 굴렁쇠와 소년까지
맑은 지성에서 영성으로 떠나신 그분
쓰고 읽고 사색하는 외길의 그분,
시대의 큰 스승이었습니다
나의 참 스승이었습니다

한 하늘 아래 함께 숨 쉴 수 있어 좋았습니다
그분이 있어 행복했습니다

바람의 지문

나뭇잎이에요
물결이에요
꽃이에요

가만히 다가와 안긴
그대 향한 나의 가슴 떨리는 설렘이에요
그대 행한 나의 간절한 그리움이에요
눈길이에요

가만가만한 흔들림이에요
땀 맺힌 이마를 스치는 상쾌함이에요
내 안쪽을 향한 나의 착한 안부에요

그대 향한 나의 발길이에요

길

한때 꿈이었고 그리움이었습니다
설렘이었습니다
잠시 풀렸다가 헤매기도 했습니다
길은 과거형인가 봅니다
가야 할 길은 보이지 않고 걸어온 길은 잘 보입니다
그러나 길은 길로 통한다고 믿습니다
걸어온 길이 가야 할 길이기 때문입니다
잠시 머뭇거릴 때면 또 하나의 길이 나고
또 하나의 길을 들었습니다
잘 보이지 않지만 아득한 길이 달려오기도 했습니다
꿈길, 눈길, 숨길, 손길, 하늘길, 바닷길, 바람길,
뒤안길, 숲길, 사잇길, 물길, 가지 않는 길,……
나비였고 새였습니다
길 따라 철 따라 훨훨 날아올랐습니다

월하月下 1
— 신라인면와당

그녀,
천년의 세월을 거슬러 잠시 생각의 한 폭을 비웠을 뿐
미소 그대로다

잠시 틈을 내어 주고받았을 눈빛 따라 안방에 들어온
사내의 멋쩍은 웃음을 미소로 받았으리
아침이든 한낮이든 그 틈새를 비집어 나눈 대화가 겨
울 온기를 더했으리.

뜨거운 호흡으로 서로를 열었으리.
천년의 달빛 아래 그녀의 숨소리 더 내밀했으리

몸으로 기억하는 무늬 선명한 고요함으로
오래오래 신라의 어둠과 별자리까지 돋을새김으로 기
억하는
그녀의 미소,

엉덩이 펑퍼짐한 세월이
그때의 숨소리와 그때의 고백이 달빛으로 피었으리

44

맑게 웃었으리
이윽고 사랑이었으리

월하月下 2
— 혜원에게

모퉁이를 돌아선 그대 생각을 읽는다

그대 시선을 안고
그대 숨겨진 생각을 한 페이지 한 페이지 넘기면
그대 가만 가만한 숨결이 파르르 닿는다

나 언제 오늘처럼 가슴 뛴 적이 있었나
달처럼 달빛처럼 환해본 적이 있었나

그냥 눈빛만 보아도
가만히 다가서기만 해도 스며들 수 있는

오직 달빛으로만 올 수 있고
달빛으로만 갈 수 있는 월하月下에서는
그리움도 수척해진다

햇살 정원

너 지금 어디니?
화르르 화르르 꽃물 번지는 봄이야

나는 지금 햇살 정원에 와 있어
햇살도 바람도 마구 들이대고 있어

바람 산들산들할 때
햇살 가지런할 때

한순간이라도
나 지금 마구마구 피어나고 싶어

마음 환한 그리움으로
꽃잎처럼 하늘하늘 열리고 싶어

봄, 꽃 피듯
우리 함께 피어나면 좋겠어

오래 비운 집

먼지 낀 기억들이 잠 속에서도 어울리지 못했을까
간밤에 불면으로 뒤척인 흔적
아내는 스스로를 가두면서 나를 풀어주는 품이었다
오래 비워 둔 것은 집만이 아니었다
눈 닫고 귀 닫고 꼭꼭 눌러둔 가슴앓이를
문밖에 털어내는 아내는 늘 빈집이었다.
눈물 훔친 언저리며 가슴 맺힌 말들이며
삭정이로 남은 세월의 흔적을 애써 외면하며 나는
오래 비운 아내의 집 마당에 무성한 잡초를 뽑는다
나를 내려둘 공간을 마련한다

자벌레

살아 온 날도
한 뼘

살아갈 날도 한 뼘

세상에서 가장 아름다운 여수의 섬

너도島
나도島
우리도島

1955년생

경남 창녕군 계성면 계전리 591번지
나의 집 나의 사랑방이었어
계수나무밭 계전시랑桂田詩廊에
앞으로나란히 걷던 책 보따리와 빡빡머리와
흑백톤의 틈 사이로
봄은 봄대로 여름은 여름대로
우리의 시간과 공간은 한없이 느슨했어
꽃보다 연초록 잎이 더 아름다운 것도 그때였어
바람만 스쳐도 까르르 웃었고
말하지 않아도 들렸고 보지 않아도 보였어
누군가의 꽃이 되는 나를 생각할 때면
언제나 하늘에는 별이 보이고
내 안에 안겨있던 내가 아름다웠어
내 안에 안겨있던 나를 찾던 술래잡기였어
시나브로 시나브로
검정 고무신 호롱불에서 챗GPT까지
움츠린 속내 닫아걸고 봄의 여기까지
어떻게 무사히 건너왔을까 싶은데
부풀어 오르는 기억 속의 나는 다 꽃이었어
연두색 꿈이었어

3부

봄길 2

길에는 산들바람이 불었고
혼자가 아니라고 생각할 때쯤
봄의 능선을 따라 걷는 능선이 아름다운 여자를
가만히 내 안에 숨어 훔쳐보곤 했다
그때마다 그녀는 내 마음의 능선에 봄 햇살로 안겼다
그때마다 내 발자국 소리는 봄꽃으로 피었다
겨울의 긴 시간이 꽃의 번역으로 읽혔고
능선이 아름다운 그녀는 개나리꽃 유채꽃으로 읽혔다
능선을 따라온 한 마리 새소리가
마음의 여백을 넓혔다
봄이었다

봄, 피다 35

내가 살아 숨 쉰다는 걸 실감하는 날 있지
몸 어딘가에 송사리 떼 맑은 유년이 웅크려 있고
또 그 너머로 한없이 바람개비를 날리던
일곱 살의 봄날이 있지
생각하면 휘어져 있던 계절이 일어서고
멈춰있던 봄이 다시 자라지
파릇파릇 봄이 숨을 쉬지
조건 없이 사랑하던 나의 내일이 숨을 쉬지
지나간 모든 것들이 고스란히 내 곁에 있지
나의 겉과 안이 하나가 되는 그런 날이 있지
보고 싶다고 그립다고
하면 할수록 휘어진 생각의 모퉁이를 달려오는
간절한 날이 있지
그럴 때면 또 환하게 꽃이 피지
모든 내려놓았던 것들이 한꺼번에 우르르 몰려와
함께 놀아주고 춤추고 불러주며
나의 봄 여름 가을 겨울이 되던
내가 생각해도 내가 맛있어 보이는
그런 날이 있지
그때 봄이 오지

봄, 피다 36

나의 봄은
봄이 와서 봄이 아니라
너가 와서 봄이었어
혹여
바람에 날아가 버릴까 봐
새들이 콕콕 삼켜 버릴까 봐
아래로 흘러내릴까 봐
가만히 간직해온 봄빛 하나
꼭꼭 눌러 심었는데
착한 손길로 다독였는데
글쎄
봄이라고 다 봄은 아니었어
새잎 새싹만 피는 건 더더욱 아니었어
모든 게 바람 속 바람일 뿐이었어
우리의 봄은
꽃이 피어서가 아니라
그립고 그리운
너가 와서 봄이었어

봄, 피다 37

봄이다
다시 봄이다
묵언의 힘으로 봄의 문을 연다
의자 위에 가부좌를 튼 햇살의 숨소리도 새롭다
새 봄바람을 데리고
새 물소리를 끌고
새잎과 함께 새봄이 온다

봄이다
점심때가 되어 꽃이 피었다
기적이다
그러자 한순간에
바람 소리도 물소리도 이슬도 아침도 계절도 기적이다
하늘의 뜻이 지천에 난리다
피는 것도 지는 것도
다 기적이다

봄, 피다 38

니 뭐하노

햇빛 멱살 잡고 놀고 있다

와 햇살이 머라카더나

아이다 그냥 그러고 싶었다

시비 한번 걸고 싶었다 봄이다 아이가

봄, 피다 39

어머니의 기일에 맞추어 하얀 목련이 피었다
꽃의 화법으로 겨울을 건너온 목련에서는
몽글몽글 하얀 숨소리가 났다
참 못난 놈
참 못난 놈
간간이 내 불효의 한숨 소리도 배어났다
어머니는 항상
내 안 깊숙한 곳을 향해 걸었지만
나는 언제나 어머니의 바깥을 맴돌며
한순간에 꽃 피우고
한순간에 꽃이 졌다
제풀에 저를
당겼다가 밀었다가 묶었다가 풀었다가,

참 철없이 아득한 먼 봄날이었다

봄, 피다 40

매여 있지 말라죠
묶여 있지 말라죠
풀고 풀어 날아오르라죠

햇살의 둥지로 알을 품어라죠
씨를 품어라죠

함께
바라보는 것만으로 봄이라죠
연둣빛 잎이고 가지라죠
꽃이라죠

개나리꽃 노란 햇귀라죠
산목련 순결한 기도라죠
마음결이라죠
한 호흡의 숨결이라죠

그래요
딱 그때까지만 머물다 가라죠
흔적도 없이 그렇게

봄, 피다 41

마음의 여백에 바람이 일었다
잠시 바지춤을 내린 꽃의 떨림이 화선지에 올랐다
봄의 공명,
환하게 번졌다

시월 1

잎 진 나무 아래 앉아보렴
잠시 나를 벗고
호젓한 생각에 기대어 보렴

지나온 시간과 공간을
가지런히 벗어두고
경건한 한 생애의 그늘에 앉아보렴

피우지 못한 그리움은 피우지 못한 대로
햇살의 꽃으로 안아보렴
바람의 꽃으로 안아보렴

시월이면
왜
오래오래 곁에서 서성대던 그리움도
있는 그대로 환해지는가를
가만히 안아보렴

시월 2

산허리를 올라
숲의 마을에 계신 아버지를 뵈온다

오냐 왔냐
오랜만에 왔구나

바람의 맨발로
도란도란 가을 풀씨 하나 집어 허공에 날리신다

생각보다 일찍 나선 길이건만
돌아돌아 먼 세월 건너온 길은 군데군데 패였다

어느 하나 수월하게 온 길이 없다

길의 모퉁이
홀로 남은 저녁놀 무르팍이 시리다

기억의 힘 1

아랫도리가 말라비틀어져도
오체투지 환하게 꽃피우고 선 저 가랑코에를 보면
허공에도 섬이 있다고
허공에도 뿌리가 있다고
아무렇지 않게 기억의 힘으로 저를 피우는 것인데
아픔을 새기고 기억하는 일은 이처럼 모질고 단단한지,
사선死線의 기울기로 풀어낸 기억이
얼마나 환하고 단단한지
자신을 버리면서 꽃피우는 기억의 힘 앞에
속수무책으로 앓는 퇴행성관절염을
연초록 잎새 혹은 홀씨 되어 떠돌던 바람의 기억으로
다시 풀어 세우는 것이다.
뒤꼍에 고여 있던 그늘과 햇살의 기억으로
꽃을 피우는 것이다

기억의 힘 2

모성은 늘 푸르다
반 이상이 쭉정이가 되어버린 마늘을 골라 까면서
몸을 비워 싹을 돋우는 모성의 푸른 힘을 본다
아름다운 여백의 빛깔이다
무릇 모든 것이 때가 있나 보다고
때가 되면 오고 가는 거라고
햇살도 바람도 기억 속에 저렇듯 파랗게 살아있다고
썩어가는 속 깊이 살아있는 초롱한 눈빛을 보면서
이렇듯 속 파릇한 생의 습성이 흔적으로 남아 있어
때가 되면 스스로를 딛고 일어선다는 것
주름지고 접혀있던 햇살과 바람의 기억이
연초록 봄빛으로 자라는 것임을 알았다
모든 기억의 힘이 봄으로 자라는 것임을 알았다

그녀의 적막

생각해보니 그녀는 내가 사는 여수의 소호 바다 같았어
잠방잠방 물결을 밀치자
거미줄처럼 걸려있던 달빛이 이마를 붙잡았어
오래된 적막에 걸린 시간을 털어내느라 화들짝 흔들렸
어,
고택에도 윤슬이 일었어
생각해보니 속내 끈끈한 그녀 생의 이력은
온통 적막의 성장통이었던 것 같아,
견디는 것이 아니라 길드는 것이라는 그녀의 전언이
잔물결로 가장자리를 맴돌았어
그래서 더 아릿하게 다가온 기억을 툭툭 털어내지 못
했어
생각해보니 그녀의 풍경은 적막의 그늘이었어
잠시 마주쳐 허공으로 오르던 그녀의 눈길은 긴 꼬리
적막이었어
못다 한 말들이 처마 밑 혼잣말로 바래어도
언제나 뒷배 든든한 배경이어서
그녀 적막의 그늘 아래서 나는 잠시 반짝였어
생각해보니 여기저기 흩어진 적막의 그늘이

그녀의 생전生前이었어
껐다가 다시 켠 그녀, 오랜만에 빛났어
나는 또 잠시 부풀어 올랐어

툭

나 언제 물들었던가
감잎 하나 발갛게 물들어 툭 떨어진다

피다와 지다의 사이로 바람 무성한 소문이 나돌았고
또 햇살 쨍쨍한 견딤으로 버텼다

아슬아슬
바람에 걸린 마지막 햇살마저 버리고 가는 길

가물가물
한참을 걸었던가 한참을 날았던가

스스로 버린다는 데는 다 그만한 이유가 있다
지다의 몸짓도 피다의 연장임을 알기 때문이다

나무에서 나올 때 비로소 나무가 보이듯
나에게서 떠나 있을 때 비로소 내가 분명해지기 때문
이다

툭,

발밑의 기척을 살피는 한 음절의 배려를 알기 때문이
다

햇살 통조림

꽃,
나무,
풀,
사과,
딸기,

하나같이 햇살 통조림이다

햇살의 귀, 햇살의 입, 햇살의 눈, 햇살의 뒤태, 햇살
의 내력을 고려하여
유효기간을 표시한다

햇살의 안과 밖을 밀봉한다
햇살의 오늘을 밀봉한다

4부

오후를 걷다

이순신광장 소녀상 곁에 앉아봅니다
소녀의 손길 아래 손난로가 놓여있습니다
난로보다 더 그 사람의 마음이 따뜻합니다
해양공원을 따라 걷습니다
평일이라 한가롭습니다
군데군데 겨울 틈새로
노란 민들레가 피어 있지만 이상하지 않습니다
어제 겨울 봄비가 내렸거든요
익숙한 여수의 겨울 풍경이거든요
해양공원의 동백은 꽃을 피웠고
동박새가 무리 지어 날아듭니다
오랜만에 낯익고도 낯선 공원입니다
직박구리와 산비둘기들도 오수에 들어있습니다
사람을 비운 곳에 새들이 돌아온 것입니다
잠시 머물고 가라고 동박새 맑은소리 발길을 붙듭니다
오늘은 나도
그대로 꽃이고 새고 하늘이고 바다입니다

동백꽃 지다
― 여순10.19

누가 왜 손가락으로 허공을 가리켰나?
아무 생각 없이 생각도 없이

붉은 꽃 더 붉게 우수수 떨어지던
아, 그때 그날

동백꽃이 피는 이유
— 여순10.19의 화해와 치유를 위한 변주곡

너가 아프면 나도 아프다
내가 아프면 너도 아프다

드라마에 나온 대사가 아니었다
수도 없이 되새김한
그러나 아직도 못 해준 가슴속에 묻힌 말

바람의 나이테를 넘겨 살짝 들여다보면
괜찮다고
서로를 껴안고 다독이는 말
서를 흔들어 꽃 피우는 말
이 말의 발원지를 올라가다 보면
너, 나 하나임을 안다
우리라는 말의 아늑한 밑자리임을 안다

외로운 기억 그 자리마다
동백꽃이 피었다가 지고 피었다가 지고
끝내는 서로의 무늬가 되는 것이다
서로의 바깥을 읽다 보면

문득 따스해진 기억들이 서로를 꽃피우는 것이다

겨울 숨소리들이 모여 봄을 열 듯
다독이고 쓰다듬어
겨울 햇살 속을 사뿐사뿐 걸어가는
수천수만 송이의 동백꽃,
함께 피고
함께 환한 그 꽃,

동백꽃이 피는 이유다
동백꽃이 다시 피는 까닭이다

겨울나무가

무성한 잎을 털면
그때야 산이 보인다고

이윽고 환하게

그만큼의 넓이로
그만큼의 깊이로
너가 보이고
내가 보인다고

우리 사는 것이
겨울나무 맑은 안부 같아서
서로를 건너는 떨림 같아서

나를 지우면
그때야 너도 밝아져
그때야 서로 깊고 맑아져

함께

더불어
겨울눈 맑은 우리가 된다고

날아오르다

오후가 되어 눈길을 가로질러 휙 하고 스치는
아, 그것
빛이 되고 그늘이 되고 햇살의 떡잎이 된,

기다림은 환했다
때가 훌쩍 지나도 보이지 않던 기미의 틈새마다
미심쩍은 시선을 보란 듯 열어젖힌
저 당당함이
한 번도 열지 못한 내 속의 반어일 줄이야

마른 입술 뜯어낸 자리마다
기꺼이 향기 된 말씀, 허공에 걸었다

'꽃이 피었어요'

어둔 곳들 일시에 날아올랐다

풀 죽다

교정에 피던 봄꽃들
제비꽃 민들레 메꽃 개불알꽃 고마리
하나둘 서서히 자취를 감춘다
기죽지 말라고 아침저녁으로 발길을 주었는데
여름의 무성함에 풀 죽은 거다
눈과 눈이 마주칠 때
은근슬쩍 마른하늘 소리 없는 뇌성이 들리기도 하는
것인데,
그때마다 순간 환해지고 이내 어두워지는 것이다
곁눈질로 살아온
나는, 바라보거나 지나치거나 딱히 부딪힐 일이 없었
지만
봄꽃들 풀 죽어 겹겹이 풀어짐에
초여름이면 몸살기가 났나 보다
어디서든 기죽지 말고 풀 죽지 말라던
아버지의 말씀 생각나
식물성 나의 풀이 이내 파릇해지는 것이다

홍시

이 녀석 저 녀석
툭툭
까치밥으로 쪼이시다
한 점 붉은 여백으로 수줍게 물들어 계신
어머니.

열여섯의 초경으로
참 맑은 무늬를 만드신다

허공에 밑줄 긋는
고요,
한낮에도 그리운 빈집

저녁놀이 어머니의 내력을 읽으신다

여자도汝子島

내가 아는 그 여자女子가 아닙니다
내 안에 살면서도 나와는 무관한 여자汝子입니다

다소곳
바람이 불면
속 깊은 무게를 느끼고 싶었을까
모든 길은 위에서 아래로 통한다는 것을 이미 알기라
도 한 듯
그 여자,
깊은 곳까지 슬그머니 몸을 펼칩니다

여자만 … 여자도
눈을 감고 가만히 읊조리며
아무리 생각해도
그 여자汝子가 그 여자女子인 것 같습니다

제비꽃이 비단풀이

아스팔트 틈새로 뿌리 내린 제비꽃이
가뭄에 쪼글하게 말라붙은 비단풀이
아침이슬 한 모금에 화르르 정신을 차리는 것이
참 독하다
앉은자리에 풀도 나지 않을 독한 놈이란 말,
그 말의 밑바닥을 살짝 들춰보면 참으로 질긴 생이 있다
바닥마저 금 간 세상의 틈마다 고여 있는 그 말이,
독하지 않으면 살 수가 없다는 그 말이,
어쩌면 어쩌면 한순간의 뇌성번개로 올지 몰라
허공의 목마른 발자국이
한 방울 두 방울 눈물로 톡톡 떨어질지 몰라

제비꽃 아침

문득, 한 세상이 거기 있어
지난겨울 돌담쟁이 홀연히 떠난 빈 화분에
어디서 날아와 터를 잡았을까요
어린 제비꽃이 세 들어 삽니다
빈 화분은 어린 제비꽃엔 넓은 운동장입니다
이슬을 받기 위해 내달리고
투명한 햇살을 받기 위해 내달린 숨찬 운동장입니다
까만 홀씨로 기억된
한 방울의 빗방울이 한 움큼의 햇살이 가득가득합니다
새벽바람의 인기척이 얼마나 환했는지
얼마나 간절한 외침이었는지 잘 압니다
그 흔적들이 무럭무럭 자라나
톡톡톡 깃을 터는 제비꽃 아침입니다

눈길

눈길은 참 좋은 길이죠
참으로 먼 길이면서 가까운 길이죠
가만히 내가 나를 앞세워 따라가는 마음의 길이죠
눈의 길은 선이 고운 능선이 되기도 하죠
그리움이죠
햇살의 언어로 바람의 언어로 속삭이는 길이죠
눈길 닿을 때마다 살그머니 체위를 바꿔
가슴에 올라서는 잔잔한 설렘
그 너머로까지 번져가는 순백의 파문이죠
닿기만 해도 착하고 맑게 꽃이 피는
너에게로 가는 참 아름다운 길이죠

꽃씨 속에는

부풀어 오른 그리움이 들어있어요
지축을 흔드는 심장 소리가 들어있어요
톡톡톡 두근거리는 안부가 들어있어요
꽃의 씨방을 닮은 어법이 들어있어요
꽃의 혀를 닮은 달콤한 말들이 숨어있어요

풍경의 깊이

모든 풍경은 한 음절의 깊이다

아!

때 묻은 말도 욕스런 말도 함께 정화하는
저 불립문자

모든 풍경은 한 음절의 울림이다

동백꽃 풍경

꽃나무의 겨울을 봅니다
꼿꼿하게 허리 펴고 선 모습이
시간의 질주를 느슨하게 풀어두고
조금씩 견디는 힘을 키웠는가 봅니다
스스로를 껴안아 빨갛게 된 애시린 겨울 눈빛으로
마침내는 제 속으로 걸어 들어가나 봅니다
스스로 당당해지나 봅니다
웅크리고 굽혀 지낸 흔적들을 이제 맑게 펴라고
찬바람이 등골을 쓸어내리는가 봅니다
추운 밤에도 아이처럼 맑은 눈으로
따뜻하게 토닥일 수 있는 여유도 그래서인지 모릅니다
몸으로 말을 걸어오는 동백,
있는 모습 그대로 빛날 수 있다는 것,
마음의 흔적은 어디서도 빛이 나는가 봅니다
착하게 고백하건대
오늘은 온몸 가득 꽃이 핍니다

나팔꽃

모든 길은 바다로 열려
반짝이는 아침
그 시간 그 자리에 있었을 뿐인데
때맞춰 그대가 오셨군요
썰물의 발자국 밟으며 밀물로 오셨군요
밤새 다독인 그리움으로 오셨군요
별의 이름으로 오셨군요
청보랏빛 꽃잎으로 오셨군요
아침 이슬로 오셨군요
바람길로 오셨군요
고요로 오셨군요
부부부
기상소리 앞세워 눈 맑은 아침으로 오셨군요

5부

꽃 속에 들다

나 언제 꽃 피었던가
가물가물
봄날
한참을 걸었던가
한참을 날았던가
겨울 한복판에
석란이 딱 한 송이 꽃을 피웠다
아,
한 음절이 향기로 번진
관계의 그 말, 끝에
나 잠시 나비 되어 꽃 속에 든다
벙긋
살맛 나는 거기, 내 한 시절이 꽃 핀다

와온

풍덩,
저물어가는 한 생이 깊다

어둠 속에서만 피어나는 꽃,

사라지고 지워진 이름들은 저마다의 풍경으로 자리한다

낙화

참 홀가분한,
버리고 갈 수 있어 참 홀가분한,

햇살도 벗고
바람도 벗고

지는 꽃 앞에 서면
버리고 갈 것들이 더 분명해진다

꽃이 피어날 즈음

꽃이 피어날 그즈음에
너와 나도 함께 피어날 꽃이 되자
꽃이 피어날 그즈음에
아침 영롱한 이슬방울로 함께 목을 축이자
그쯤에 살랑살랑 바람이 불어오면
솜털 같은 꽃잎으로 서로를 어루만져주자
때로는 혼자 붉어지다
쉼표 하나
느낌표 하나
물음표 하나로
한나절을 사운대다 함께 저물어가자
내 지켜온 소중한 것들
훌훌 벗어던지고
스스로 한 줄 바람으로 함께 저물어가자

우리 그러자
바람으로 햇살로 어둠도 꽃으로 피어날 즈음에

물빛처럼

마음 먼저 달려가던 강 건너 풍경이
오늘따라 흐드러지게 풀려
맑고 고요하게 앉아 있다
강가에 앉아 건너편을 바라보는 것은
늘 유혹이었지만
물빛 같은 마음을 여는 일과 같아
닫힌 생각 방목해 흘려보내는 것이다
고요해지거나 맑아지는 일은 강가에 앉는 일이다
귓불 간지럽히며 다가온 바람이
그리움 하나 품어
호로롱 호로롱 씨눈을 틔우는 일이다.
겨울 아랫목에서 숯불처럼 발갛게 피어오르는,
건너지 않아도 볼 수 있는 그대 마음
들여다보는 일이다

나의 집

내 집이라 부르던 곳이에요
어머니의 집, 아버지의 집이라고도 불렸지요
그리고 우리 집이라 불렸어요
기어서도 첫걸음마도 거기서 시작되었어요
늘 그 자리에서 날 기다려 주었지요
긴 겨울밤이면 별이 빛나는 밤에 0시의 라디오를 켰고
한낮이면 등목으로 큰 대자로 누어 낮잠을 자고
함께 호흡하고 함께 생각했어요
육 남매가 뒹굴었던 먼지투성이 방
집은 공간이 아니라 시간이었어요
생각이었어요
꿈이고 추억이었어요
그 집 골방에서 시인이 자랐고 선생님이 자랐어요
이제 나의 유년을 챙겨 떠납니다
나의 옛집을 떠납니다

I'll pack my memories and go

촌놈

내가 가장 좋아하는 이 말이
봄 피듯 꽃피면 좋겠다
세월이 지나도 변하지 않는 이 말처럼 살기 위해
들풀이 되고 쇠똥벌레가 되고 잠자리가 되고 풍뎅이가
된다
세상에서 가장 단단한 꿈을 꾸며
때로는 깊이 가라앉고
때로는 하늘을 향해 물수제비 띄웠던
유년을 휘파람을 날린다
참 다행인 것은
오래도록 고삐 풀린 그 말이 수사되지 않은 채로
고스란히 내 안에 있다는 거다
촌놈, 아직 피지 못한 그 말이 꽃피면 좋겠다

꽃

노크가 필요해요

꼰지발 세운 마음으로만 들어오셔요

달빛 아래 바람이 분다

자작나무 숲에 바람이 분다
달빛 휘휘 저으며
한 잎의 바람을 한 잎의 바람으로 넘긴다
바람을 받아 바람으로 넘긴다
달빛을 받아 달빛으로 넘긴다
앞소리 뒷소리로 넘긴다
바람으로 쓴 바람 이야기를
달빛이 쓴 달빛 이야기를
한 장 한 장 책장으로 넘긴다
페이지마다 담겨있는
저녁 이야기 섬 이야기 아침 이야기를 들려준다
어머니의 어머니의 손길로 들려준다
그래그래 괜찮다고
그 바람이 그 바람이라고
다독다독 달빛을 안겨 준다
그 바람에 나도 얼떨결에 고갤 들어
먼 곳을 바라본다
허공 수만 리,
나폴나폴 달빛의 나비가 날아오른다
바람결에 날아오른다

모기발을 낚다

시를 쓰는데 모기 한 마리가 방해한다
나도 모르게 손을 낚아챘는데
도마뱀이 꼬리를 자르듯 여치가 한 발을 포기하듯
몸통은 빠져나가고 손안에 갈고리 모양의 모기발만 낚
였다
모기발을 자세히 들여다본 것은 또 처음이다
오른발인지 왼발인지 앞발인지 뒷발인지 모르지만
미늘을 가진 낚싯바늘 같다
가만히 생각해보니
오히려 내가 낚인 것은 아닐까 하는 순간,
우쒸, 등 한쪽이 가렵다

봄의 나무

봄의 나무는 낙관주의자다
그리 바쁠 것 없이
굴참나무 소사나무 때죽나무와 함께 유유자적이다
굴참나무가 흔들리면 소사나무가 흔들리고
그때서야 때죽나무가 따라 흔들린다
함께 자늑자늑 흔들린다
열대우림에는 걸어 다니는 나무도 있다지만
제자리 지키며 제자리에서 흔들린다
가끔 굴참나무는 굴참임을 잊어버리고
소사나무는 소사임을 잊고
때죽나무는 때죽임을 잊고
서로 이름을 나눠 먹고 서로의 호흡을 되새김한다
굴참나무 소사나무 때죽나무는
이미 나무 셋이 아니다
나무의 언어를 잊어버렸다
기대어 사는 조요한 세상의 풍경 속에
흩어지고 모이는 나무아미타불만 기억한다
독백처럼 나를 접어 나무 하나가 된 나무는
바람이 끌어당긴 바람이 된다

자늑자늑한 바람결이 된다
숲이 되지 못한 나무들이 바다를 달린다
바람결에 일렁인다

너의 방을 들여다본다

어디선가 바람이 불었다
식빵처럼 부풀어 오른 노을처럼
그대의 저녁이 수수러지는 치마를 한 손으로 덮는다
아, 무사해서 다행이야 천진하게 웃는다
이때다 싶게 숨겨진 기적들이 마구 부풀어 오른다
마침내 기지개를 켜는 어둠에 기댄 꽃들,
꽃들의 시간이다
달의 꽃, 별의 꽃
당신의 꽃이 마음과 마음 사이에서 핀다
캄캄했던 꽃들이 선명하다
착한 그대의 방에도 꽃들이 하나둘 날아든다
꽃잎의 무게로 그리움을 편다
모르는 사이에 꽃이 피고 지듯
모르는 사이에 그대가 열리고 닫힌다
수만 송이 그리움 숨기며 꽃으로 부풀어 오른다
세상의 모든 것들은
아름답게 지고 싶은 그 순간에 꽃이 핀다
그대가 꽃무늬 진다

따오기

나의 열세 살을 기웃대며
눈꼬리 치던 가시내
철들지 않은 나를 깨워주던 그 가시내가
시골집 앞 냇가에 따오기가 마실 왔다며
사진 톡을 보내왔습니다
늘 이맘때면 벚꽃이 피었다고
별빛이 유난히 초롱초롱하다고
담가 놓은 동동주도 잘 익었다고
외롭다고 그립다고 톡을 보내옵니다
오늘은 입 모아 부르던 따오기가 생각나
바람 깃 꽁지머리며 긴 부리며
얼굴 붉히며 도망가던 내가 생각나
톡을 했다 합니다
보일 듯이 보일 듯이 보이지 않는
잡힐 듯이 잡힐 듯이 잡히지 않는
그때가 그리워 톡을 했다 합니다
속도 없이 나도 그립다고 톡을 보냈습니다
따오기가 보고 싶다 톡을 날렸습니다

12월 31일

오늘 하루는 쉽니다
눈치 보지 않습니다
그냥 내 느낌대로입니다

내가 선 곳에서
지금, 한 발짝만 비껴서 봅니다
발아래 민들레와 장미와 코스모스가 있습니다
연두 신록 레드 하양이 있습니다
착한 웃음도 이슬 같은 울음도 있습니다
비껴선 것으로도 또 다른 나입니다

돌아보면
지난 모든 것들은 나의 현재입니다
떠나간 사랑도 실패한 꿈도
소심한 긍정도 대범한 외로움도
나의 소중한 오늘입니다

끝이 아닌 낯익은 시작,
나의 오늘입니다

우화羽化

먼 기억의 옛집에
누가 빈 마음을 걸었을까

비워라
비워라
비워야 하느니라

놓아라
놓아라
놓아야 하느니라

투명하게
말갛게
누가 그대 향한 그리움을
허공에 걸었을까

바람의 표정

바람이 분다
살랑살랑은 바람의 표정이다
살그머니 허공을 건너온 아득한 시간들은
거리낄 일 없이 길을 내는 야생의 본능이다
포르르 포르르 바람이 앉았다간 자리
보드랍거나 고슬고슬하거나 잘 말랐거나
만지면 볼록해지는 바람의 오르가슴,
가만, 이 나이에 나도 바람길을 열 수 있겠다 싶어
연두색 감나무 여린 햇살에 올라
봄 한철을 또 그렇게 건너는 것이다
반세기를 먼저 살다 가신 시인은
나를 키운 것의 팔 할이 바람이라 했으니
바람의 후손이라 했으니
이팝나무 꽃잎 사이로 흘러내리는 하얀 바람의 살결은
또 얼마나 살갑고 맨들맨들한지
바람의 귀는 둥글다고
폭넓게 기웃대는 바람의 눈매는
나무와 나무, 풀과 풀, 꽃과 꽃
사람과 사람 사이를 넓혀주는 사랑의 추임새라고

품 넓어 헐렁해진 그 안에서
속절없이 바람인 나는
저 꽃 속, 저 나무속에 깃든 존재의 집인 것이다

해설

'적요'의 자리

전 해 수(문학평론가)

신병은 시인은 지금, 고요의 안거安居에 들고 있다. 비우고 비워 조용히 들어선 그곳은 그리움의 밑자리를 향기로운 자리로 바꾸는 '적요'의 자리에서 '나'로 되돌아가는 '삶'을 응시한다. '나로 되돌아가는 삶'이라니!(「시인의 말」 참조) 시로 온전히 살아온 시인의 삶은 '꽃 진 자리'를 선명하게 기억하고 있어서, 세상 모든 '꽃 핌'의 다정함과 애틋함 외에도, '꽃이 진' 그 이후의 시간마저 품어 몹시 쓸쓸하고도 고요하다.

꽃 한 송이는
그 한 송이가 아니었어
이슬 머금은 햇살 꽃
햇살 머금은 바람 꽃
어둠 머금은 아침 꽃

찰나의 오르가즘 꽃
꽃술 사이로
꽃잎 사이로
피어나는 경이로운 생각 꽃
가만히 가만히 나를 밀어 넣었어
쿵쿵쿵 심장이 뛰었어
내밀한 호흡으로 관계하지 않는
아무것도 없었어
우리 모두 한 송이 꽃이었어
사이 사이 피어나는
존재의 꽃이었어
관계의 꽃이었어

-「꽃 한 송이」 전문

　시인에게 '꽃'은 존재를 확인하는 미적 상관물로서 주요하게 인식된다. 이 '꽃'은 시인이 바라보는 한 세계이자 (마치 신적 존재처럼) 절대적인 대상으로 표상되며, 자신(시인)의 존재마저 견주어 깨닫게 하는 중요로운 가치로써 인식된다는 점이 주목된다. 한마디로 규정한다면, 신병은 시인에게 주요한 시적 소재이자 지향점인 이 '꽃'은 꽃의 원형적 상징 이상의 대표성을 띠는 매우 중요한 시인의 인식체계임을 알 수 있다.

　그렇다. 신병은 시인에게 "꽃 한 송이"는 그저 "그 한 송이가 아니"다. 시인에게는 단 한 송이의 "꽃"일지언정 이 "꽃"은 자연에서 움튼 "햇살(꽃)"이고, "바람(꽃)"이자 하루의 시작을 여는 "아침(꽃)"인 것인데, "꽃"은 여기에서 한 걸음 더 나아가 원초적이고 관능적인 "오르가슴 꽃"으로도 견인되는 "경이로운" 대상으로서 인식되고 있다. 그러니까 신병은 시인의 "꽃"은 어느새 "가만히 나를 밀어 넣"게 하는 "존재의 꽃"이면서 깊게 뿌리내린 관념적 "관계의 꽃"이기도 하다. 이처럼 "꽃 한 송이"가 신병은 시인에게는 우주론적인 세계이자 시세계를 담보하는 특별한 시적 대상이기에 '꽃'의 의미는 반드시 주지되어야 할 것이다.

> 꽃의 봄이고 싶어
> 꽃의 햇살 꽃의 바람이고 싶어
> 꽃의 혀에 감기고 싶어
> 꽃의 마음 안에 들앉고 싶어
> 꽃의 색과 마주 하고 싶어
> 꽃의 말 꽃의 화법을 닮고 싶어
> 꽃의 기도를 훔치고 싶어
> 꽃의 생각을 깨치고 싶어
> 꽃의 기억으로 나를 열고 싶어
> 꽃의 꿈속에 빠지고 싶어
> 꽃의 가슴을 문지르고 싶어
> 꽃의 한 사흘을 살고 싶어
> 꽃의 쉼표 꽃의 느낌표를 갖고 싶어
> 꽃의 길을 가고 싶어
> 꽃의 슬기를 엿보고 싶어

꽃의 하늘을 올려보고 싶어
꽃의 경전을 읽고 싶어
꽃의 꽃이 되고 싶어
꽃의 내가 되고 싶어

　　　　　　　　　　　　－「꽃이 되고 싶어」 전문

　하여, 꽃을 이해하는 일은 신병은 시인의 시적 방향성을 좇는 일이기도 한 것이다. 생명이자 미적 아름다움의 표상인 '꽃'은 시인의 염원이자 당면한 현실과 거리가 먼 저 하늘의 별과도 같은 이상향으로서의 이미지도 함께 지니고 있으니, 신병은 시인이 "꽃이 되고 싶"다고 언명하는 이유도 과히 짐작할 수 없는 일은 아니다. '꽃'은 시인이 인식하는 생명성의 본원적 가치를 대신하고 있기 때문이다.

　위 시 「꽃이 되고 싶어」는 꽃에 내재한 '소망'과 오래된 '사유'와 변함없는 '인식'의 깊이를 내정하고 있다. 이른바 위 시에서 시인의 '꽃'은 계절로는 언 땅을 녹이고 생명이 소생하는 "봄"이자 이 "길"을 따르는 노정이면서도 슬기와 지혜를 갖춘 "경전"이 되고, 아침 "햇살"과 선선한 "바람"을 불러일으키는 오래된 기억의 대상이기에, 시인은 "꽃의 마음"으로 "기도"의 "화법"을 "생각"하고, 아련한 "꿈속"의 "나"에 다다르는 과정을 '꽃'을 통해 환기한다.

혼자는 아니지만

호시탐탐 문틈을 기웃대던 바람도 가만하다
풀잎에 누운 햇살도 가만하다

눈빛 가만한 그 자리에
햇살과 바람이 어떻게 꽃잎으로 열리는지

천년이 닿은 한나절의 눈빛을
어떻게 첫 화두로 내거는지

아침의 꽃도 저녁의 꽃도 그렇듯
가만가만

열린다는 것은
나의 누군가를 향한 고요한 개화인 것을

                                     ─「개화」전문

   그러나 이 꽃은 태생적으로 '피다'와 '지다'를 거치며 변화한다. 특히 '꽃이 진다'는 것은 꽃의 이후를 기억해야 하는 일이기에, 꽃이 꽃으로 온전히 머무는 일은 결코 없다. 꽃은 꽃이어서 '꽃답게' 죽는(지는) 것이다.
   위 시「개화」는 개화開花의 의미라기보다는 오히려 개화開化를 천명한다. 개화開化는 지혜가 열리고 새로운 사상을 받아들이는 의미가 내포되어 있다. 즉, 개화開花는 개화開化를 상정하고 있다. 적어도 신병은 시인에게는 그러하다.

> 꽃잎의 이정표엔
> 견딤과 기다림의 원산지 표기가 있고
> 빗살무늬 햇살과 바람과
> 비의 칼로리가 명시되어 있어요
> 신선도 유지를 위한 아침이슬의 드레싱까지,
> 그늘지고 서늘한 곳에 보관하라는
> 향기로운 안내도 넘겨받습니다
> 아름다운 마침을 위해
> 딱 한 주먹만 들어내면 안 될까요
> 가벼워지면 좋겠죠
> 이렇게 말하는
>
> 한 잎 한 잎 적요로운 그녀,
> 꽃
>
> ―「꽃, 그 이후3」 전문

꽃이 핀 오늘, 혹은 어제의 일이 '꽃 진 자리'에서 다시 시작된다는 점이 위 시에서 상기된다. '끝'은 '다른 시작'이라는 아포리아가 새삼 되새겨진다. 그러나 신병은 시에는 이를 해명하는 "꽃잎의 이정표엔/ 견딤과 기다림의 원산지 표기가 있"어서 "햇살과 바람과 비의 칼로리"가 적합하게 필요하다. "햇살"을 기다리고 "바람"과 "비"를 마주하며, "한 잎 한 잎" "아름다운 마침"을 위해 "적요"
를 담담히 포옹하는 "적요로운 그녀"인 꽃이여…. 마침
내 "꽃, 그 후"의 일이 '적요'의 자리로 스며온다.

매여 있지 말라죠
묶여 있지 말라죠
풀고 풀어 날아오르라죠

햇살의 둥지로 알을 품어라죠
씨를 품어라죠

함께
바라보는 것만으로 봄이라죠
연두빛 잎이고 가지라죠
꽃이라죠

개나리꽃 노란 햇귀라죠
산목련 순결한 기도라죠
마음결이라죠
한 호흡의 숨결이라죠

그래요
딱 그때까지만 머물다 가라죠
흔적도 없이 그렇게

－「봄, 피다 40」 전문

시인은 한마디 남긴다. 생명으로서의 시간은 "흔적도 없이 그렇게" "딱 그때까지만 머물다 가"는 것이라고…. "마음결"로 살아내는 "꽃"으로 살다 가리라고…. 피어나는 것들은 "매여 있"지 말며, "묶여 있지"도 말며, "풀고 풀어 날아 오르"는 "봄"으로 피어나라고…. "알을 품어라" "씨를 품어라" "바라보는 것만으로도 봄이다" "꽃이다" "한 호흡의 숨결"이다, "마음결"이다, 그러니 "딱 그때까지만 (잘) 머물다 가라"고….

「봄, 피다」는 '꽃, 피다'의 의미가 계절의 순환으로 엮어져 그 의미를 상쇄하고도 남음이 있다. "봄"은 꽃으로 날아오른다. 꽃을 "바라보는 것만으로도 봄"이다. "연둣빛 잎" "개나리꽃" "산목련"으로 호명되는 "봄"의 꽃망울이 "한 호흡의 숨결"을 생성한다. 그러나 "흔적도 없이" 머물다가 이내 가버리는 그것이 또한 "봄"(꽃)이다.

　　　노크가 필요해요

　　　꼰지발 세운 마음으로만 들어오셔요
-「꽃」 전문

신병은 시인의 "꽃"은 이처럼 시인이 키운 '마음의 자리'에서 잠시 피고, 기꺼이, 진다. 그런데 그 자리는 '적요'의 자리로 채워져 있어서 쓸쓸하고 고요하게 다가온다. 마음에게 "노크가 필요한" 이유도 그만큼 시인이 자리한 곳이 '적요'로 물들어 있기 때문이 아닐까.

　　나 언제 물들었던가
　　감잎 하나 발갛게 물들어 툭 떨어진다

　　피다와 지다의 사이로 바람 무성한 소문이 나돌았고
　　또 햇살 쨍쨍한 견딤으로 버텼다

　　아슬아슬
　　바람에 걸린 마지막 햇살마저 버리고 가는 길

　　가물가물
　　한참을 걸었던가 한참을 날았던가

　　스스로 버린다는 데는 다 그만한 이유가 있다
　　지다의 몸짓도 피다의 연장임을 알기 때문이다

　　나무에서 나올 때 비로소 나무가 보이 듯
　　나에게서 떠나 있을 때 비로소 내가 분명해지기 때문이
다

　　툭,
　　발밑의 기척을 살피는 한 음절의 배려를 알기 때문이다
　　　　　　　　　　　　　　　　　　　　　-「툭」 전문

"툭" 던져진 '관계성'은 다시 신병은 시인의 화두로 자리 잡는다. "툭"은 무심하나 필연의 순간으로 지칭되는 부사이다. "툭"이라는 단어 안으로 나무와 감잎의 관계가 채워진다. "감잎 하나 발갛게 물들어 툭 떨어지"는 순간으로 "무성한 소문"이 스쳐 지나가고, 화자는 "견딤"이 "피다의 연장선인" "지다"와 같은 것임을 깨닫는다. 시인은 "나에게서 떠나 있을 때 비로소 내가 분명해지는" 것임을 알게 된다.

　어쩌면 '관계'를 결정할 자는 내가 아니라 '너'라는 사실을 시인은 이미 알고 있는지도 모른다. '너'의 이름을 부르지 않아도(이 지점은 김춘수의 「꽃」과는 차원이 다른 인식이다) 우리는 이미 '꽃'이라는 인식은, 역설적이지만 너와의 맹목적인 관계를 확인하는 일이 된다.

　　　나 언제 꽃 피었던가
　　　가물가물
　　　봄날
　　　한참을 걸었던가
　　　한참을 날았던가
　　　겨울 한복판에
　　　석란이 딱 한송이 꽃을 피웠다
　　　아,
　　　한 음절이 향기로 번진
　　　관계의 그 말, 끝에

나 잠시 나비되어 꽃 속에 든다
벙긋
살맛나는 거기, 내 한 시절이 꽃 핀다

　　　　　　　　　　　　　　　－「꽃 속에 들다」 전문

　그러므로 나로 되돌아오는 삶(다시 「시인의 말」 참조),
꽃으로 되찾은 나의 정체성은, 신병은 시인에게는 '삶'이
자 '시'의 영역에서 배태한 일이기도 할 터이다. 신병은
시인에게 시가 삶이고 삶이 시인 것은, 꽃처럼 지독한,
아름다움의 세계(삶)를 스스로, 견디게 한다. 불완전한
미래인 이 아름다움('삶'이자 '시')은 꽃으로 피고, 다시
지다가, 소멸이 아니라 '적요'의 자리로 옮겨간다. 그 '적
요' 속에서 시인의 "한 시절이 꽃 핀"다. 꽃 진다.

오늘 하루는 쉽니다
눈치 보지 않습니다
그냥 내 느낌대로입니다

내가 선 곳에서
지금, 한 발짝만 비껴 서 봅니다
발아래 민들레와 장미와 코스모스가 있습니다
연두 신록 레드 하양이 있습니다
착한 웃음도 이슬 같은 울음도 있습니다
비껴 선 것으로도 또 다른 나입니다

돌아보면
지난 모든 것들은 나의 현재입니다
떠나간 사랑도 실패한 꿈도
소심한 긍정도 대범한 외로움도
나의 소중한 오늘입니다

끝이 아닌 낯익은 시작,
나의 오늘입니다

-「12월31일」 전문

한 해의 마지막 날인 12월 31일이 특별하지 않으면서도 특별한 이유는 세밑이 "끝이 아닌 낯익은 시작"으로 재발견되기 때문이다. 요컨대 신병은 시인의 주요한 인식체계, '끝이 다른 시작'이라는 사유의 저변이 위 시에서도 드러난다.

시「12월 31일」에는 "내가 선 곳에서/ 지금, 한 발짝만 비껴서 보"면 "또 다른 나"를 마주할 수 있음을 드러낸다. "지나간 모든 것"이 "나의 오늘"로 인식되는 순간이 상념想念으로 미끄러진다. "비껴서"서 응시한 "오늘"이, 어제와 연속되는 나날임을 알아가는 12월 31일, 그 끝이면서 다른 시작점이, 다시 삶을 일깨운다.

"꽃, 그 이후"가 낯익은 마지막(이는 곧 "시작"이다)이라는 시인의 인식은 이번 시집『꽃, 그 이후』의 곳곳에 여백으로 넘실거리는 적요의 자리를 얹어두고 있다. 적요의 공간과 시간 속으로 우리도 점점이 고요해지고 호젓해지리니, 시인이 마련한 "꽃의 봄"(「꽃이 되고 싶어」에서)에 우리도 잠시 머물다 가리라.

황금알 시인선